KB167742

나는 언제나 내게서
저만치 떨어져 있다

봄이 오고 믿음이 피는
작은 시작

나는
언제나
내게서

저만치

떨어져

있다

장주수 시집

터닝
포인트

봄바람에 꽃피는 것은 자연이요
꽃피어 봄이 오는 것은 인생입니다
배워서 아는 것은 지식이요
부딪혀 아는 것은 믿음입니다
봄이 와도 인생의 꽃은 피지 않고
배우고 알아도 믿음은 오지 않습니다
꽃은 내 안에 피어야 하고
믿음은 부딪혀 피어납니다

산과 들에 꽃이 피듯
우리 안에도 믿음이 피고
산과 들에 봄이 불듯
내 안에도 자유가 불어오기를

이 글이 여러분 안에 봄이 오고 믿음이 피는
작은 시작이었으면 합니다

제2부 외로운 부활절

제3부 사람이 보는 것

제4부 스승이 없으면

제5부 **눈물과 친하다**

제1부

기다림으로
산다

진짜

몸에서 난 내가 내가 아니다
위(上)에서 난 내가 진짜 나다

살아서 사는 내가 내가 아니다
죽어서 사는 내가 진짜 나다

흐르는 시간은 내 시간이 아니다
끊어진 시간이 진짜 내 시간이다

진짜 같은 세상에서
진짜로 살기 어렵다

기다림

지난봄 벗어둔 겨울옷을 꺼내며
마음은 벌써 봄을 기다린다

사람이
봄만 기다릴까

전세살이 부부도
계약직 아들도
이민 간 딸도
시험관을 한 아내도
7년째 투석 중인 남편도
기다림으로 산다

사람은
봄만 기다리지 않는다
사람은 온통
기다림으로 산다

나는 온통 너를 기다리며 산다

굴러간다

휘발유 차에
경유를 넣었다가
낭패를 봤다

그런데
이상한 것은
탐욕을 넣고
미움을 넣고
치정(癡情)을 넣어도

사람은
잘만 굴러간다

난청

인간은 모두 난청입니다
인간은 하나님에 대해 난청입니다
인간은 새벽 카톡에 잠을 깨면서도
우레 같은 말씀을 듣지 못합니다
인간은 예배에서 조차 말씀을 듣지 못합니다

인간은 모두 난시입니다
인간은 하나님에 대해 난시입니다
인간은 보이지 않는 것은 보면서도
보이는 것은 도리어 보지 못합니다
우주보다 더 큰 하나님을 보지 못합니다

"너희가 눈이 있어도 보지 못하며
 귀가 있어도 듣지 못하느냐"

어머니

십자가와 부활이 무언가
촛불 아닌가

나를 태우는 것이
십자가요
남을 밝히는 것이
부활 아닌가

십자가와 부활이 무언가
어머니 아닌가

어머니 늙어감이
십자가요
자식 커감이
부활 아닌가

어미 태워
자식 밝힘이
십자가와 부활 아닌가

서리

흙 마당에
서리가 내렸다

서리만 내릴까
별빛도 내리고
달빛도 내린다

내리는 것
사랑이요

내리는 것
은총이다

모든 것
다 내린 것

내리지 않은 것
혹시 있을까 하고
마당을 거닌다

고속도로

차가 빨라지니 마음도 빨라지고
차가 막히니 마음도 막힌다

느린 게 싫어질지
느릴 땐 몰랐는데
빠른 게 오다 보니
느린 게 싫어진다

젊은이 보니, 늙은이 싫고
예쁜이 보니, 못난이 싫고
많은 이 보니, 없는 이 싫고
없던 이 보니, 있던 이 싫다

고속도로 달려보니
국도는 이제 못가겠다

무엇에 움직일까

감동이 없다
설렘이 없다
끌림이 없다
들뜸이 없다
긴장이 없다
기대가 없다
바램이 없다

죽음에도 꿈쩍 않는데
무엇에 움직일까

어린이날

자식 어떻게 키우나
알 수가 없다

가르치면 될 것 같은데
안 된다
잘 해주면 될 것 같은데
안 된다
고생을 시키면 될 것 같은데
안 된다

자식 누구 닮았나
아빠 닮았다
자식 누구 닮았나
엄마 닮았다
자식 누구 닮았나
나 닮았다

자식 어떻게 키우나
알 수가 없다

내 안에 내가 있으면
나를 닮겠지

내 안에 하나님 있으면
하나님 닮겠지

어버이날

좋은 부모 되려 하지만
그리되지 않고
좋은 자녀 되고 싶지만
그리되지 않는다

나쁜 부모 되려는 이
나쁜 자녀 되려는 이
아무도 없지만
그리되지 않는다

좋은 부모는
어떻게 되나

어버이날
부모 되는 길
찾다가
길만 잃고 말았다

상처

하라는 대로 다 하지 않고
가라는 대로 다 가지 않는다

먹고 싶은 것 다 먹지 않고
사고 싶은 것 다 사지 않는다

그런데
상처는 왜 주는 대로 다 받나

나무

늘 보는 게 나무인데
오늘은 나무가 보인다

나무 – 我無 – 無我

나무는 내가 없다
내가 없어 나무다

내가 없는 나무는
다 주고도 산다

내가 없는 나무
내가 없는 예수

내가 없는 예수가
나무에 달렸다

내가 없는 나무에
예수가 달렸다

해거리

우물 옆 감나무는 해거리를 한다
한해 많이 열리면
다음 해는 적게 열린다
땅이 쉬면 나무도 쉰다

사람은 해거리가 없다
올해 풍년이면
내년에도 풍년 돼야
이번에 잘하면
다음에도 잘해야

사람은 늘 잘해야 한다
계속 잘해야 한다
늘 잘하다가 한 번만 못해도
용서가 없다

사람은 해거리를 모른다
해거리를 모르는
사람이 무섭다

살다 보니
감나무가 부럽다

하나를 이기지 못하고

사람이 만든
삼천삼백여든아홉(3389) 개의 저수지
쉰여덟(58) 개의 댐
열여섯(16) 개의 보
모두 합쳐 삼천사백예순세(3463) 개

이 많은 저수지가
가뭄 하나를 넘지 못한다
이 많은 저수지가
하늘 하나를 담지 못한다
이 많은 저수지가
하늘 하나를 이기지 못한다

사람은
하늘 하나를 이기지 못한다

목마름은

목마름은
물 한 잔이면 해갈되고
배고품은
밥 한 공기면 채워지고
잠자리는
방 한 칸이면 넉넉하고
외로움은
벗 한 놈이면 잊혀진다

내가 마실 물 고작 한 잔인데
물 한 잔이 내가 마실 전부인데

한 잔이면 해갈될 물을
집안 가득 쌓아두고
한 공기면 배부를 밥을
통장 가득 채워두고
한 벌이면 되는 옷을
옷장 가득 걸어두고
한 칸이면 사는 방을
이곳저곳 구해놓고
산다

우리 마음에 믿음 한가득 새겨 살게 하소서
우리 안에 소망 한가득 채워 살게 하소서
우리 인생에 사랑 한가득 모셔 살게 하소서

있습니까

돈 말고
집 말고
차 말고
힘 말고

갈 곳 있습니까

사람은 갈 곳이 있어야
살아서도 갈 곳이 있어야
죽어서도 갈 곳이 있어야

당신은 갈 곳이 있습니까

기적

할 수 있는 것을 하면
할 수 없는 것도 하게 되는 것

바랄 수 있는 것을 바라면
바랄 수 없는 것도 바라게 되는 것

풀 수 있는 문제를 풀면
풀 수 없는 문제도 풀게 되는 것

갈 수 있는 길을 가면
갈 수 없는 길도 가게 되는 것

이길 수 있는 것을 이기면
이길 수 없는 것도 이기게 되는 것

볼 수 있는 것을 보면
볼 수 없는 것도 보게 되는 것

움직일 수 있는 것을 움직이면
움직일 수 없는 것도 움직이게 되는 것

살 수 있는 것을 살면
살 수 없는 것도 살게 되는 것

기적
할 수 있는 것을 하면
할 수 없는 것도 하게 되는 것

제2부

외로운
부활절

외로운 부활절

봄에 꽃은 저리 피는데
다시 피는 인생이 없다

부활절에
설교는 저리 하는데
다시 사는 사람이 없다

꽃만 폈다
꽃만 지고

예수만 죽고
예수만 산다

죽는 인생이 없으니
피는 사람도 없다

혼자 죽고 혼자 피는 예수

부활절은
언제나 외롭다

불은

불은 나무에서 나와 나무를 사르고
죽음은 생명에서 나와 생명을 거두고
말씀은 사람에게서 나와 사람을 이긴다

불에 타지 않을 나무가 없듯
죽지 않을 생명이 없듯
말씀에 패하지 않을 사람은 없다

불을 무시하는 나무는 연기가 되고
죽음을 무시하는 생명은 흙이 되고
말씀을 무시하는 인생은 허무가 된다

사람은 말씀을 무시할 수 없다
사람은 하늘을 이길 수 없다
사람은 뿌리를 떠날 수 없다

있어야 할 것

소금은 짠맛이 있어야
책은 내용이 있어야
식당은 맛이 있어야
우물엔 생수가 있어야
선생은 실력이 있어야
나무는 열매가 있어야

있어야 할 것이 없으면
마른 것이요
죽은 것이다

인생은
무엇이 있어야 하나

사람에겐
무엇이 있어야 하나

당연한가

먹고 자는 것
당연한가

눈 속 티끌 하나에
볼 수 없고

귓속 티끌 하나에
설 수 없고

몸속 티끌 하나에
살 수 없다

인생이
당연한가

당신은
당연한가

내가 아니다

보는 것으로
보지 않고

듣는 것으로
듣지 않고

먹는 것으로
먹지 않고

아는 것으로
알지 않고

사는 것으로
살지 않고

죽는 것으로
죽지 않는다

나는
내가 아는 내가 아니다

나는
언제나
나 이상이다

썩고 낡고 늙고

어제도 썩고
오늘도 썩고
내일도 썩고

여기도 낡고
저기도 낡고
온통 낡고

나도 늙고
너도 늙고
모두 늙는다

시간은 썩고
공간은 낡고
인간은 늙고

썩는다
모든 것이 낡는다
늙지 않는 이 없다

떨어짐

낙엽 떨어지고
비가 떨어지고
시간도 내게서 떨어져 간다

떨어지는 낙엽처럼
세월이 내게서 떨어져 간다

올해도 퇴근하듯 가을이 오고
떨어진 시간을 붙들어보지만
시간은 철없는 자식 같다

내 인생 내가 어찌할 수 없는데
내 아이 내가 어찌하겠나

관계는 건조하고
미움 하나 없이 못하고
습관 하나 바꾸지 못한다
내 마음 내가 어찌할 수 없다

나는 언제나 내게서 저만치 떨어져 있다
내가 내 것이 아니다

떨어지는 것들 속에서

모든 것이

떨어져 가도

당신만은

떨어지지 않기를

봄바람

봄바람에 꽃 피우는 것 자연이요
꽃 피어 봄바람 부는 것 인생이다

배워서 아는 것 지식이요
부딪혀 아는 것 믿음이다

봄이 와도 인생의 꽃 피지 않고
배우고 알아도 믿음 오지 않는다

꽃은 내 안에 펴야
믿음은 부딪혀야

이 봄에
산과 들만 꽃피우지 말고
내 안에도 꽃이 피고
내 인생에도 봄이 왔으면

그림자

그림자를 들여다본다
그림자는 학력도 없고
        권력도 없고
        인종도 없고
        국적도 없다
그림자는 빈부도 없고
        미추도 없고
        상하도 없다
그림자는 주름도 없고
        질병도 없고
        상처도 없고
그림자는 미움도 없고
        갈등도 없고
        불안도 없고
        절망도 없다

그림자를 들여다본다

아무것도 없는 그곳에
내가 있다

빚쟁이

덕택으로 살고
거저 살고
빌려 산다

빚진 인생이요
내 것 아닌 인생이요
내 것 없는 인생이요
돌려줄 인생이다

내 것 없어도
부족함이 없다

내 것 없어도
손 벌리지 않기를

거저 사는 인생
비우고 살기를

밤하늘

밤하늘
별은 빛나고 달은 은은하다

우주가 우주일 수 있음은
비어 있기 때문이요
그릇은 비어 있어 그릇이 되고
집은 비어 있어 집이 되고
예수는 비우고 죽어 그리스도가 되고
사울은 비우고 버려 바울이 되고
아브람은 비우고 떠나 아브라함이 된다

인간은
비우고 비워
인격이 된다

배부른 기도

배부른 기도는 기도가 없다

기도가 기도일 수 있음은
텅 비어 있어서

기도란 비우는 것
기도는 비워내는 것

그래서
기도를 '빔'이라 하고
'비움'이라 한다

배고픈 기도에
기도가 돌아온다

무시하면

작은 것 무시하고
적은 것 없이 한다

너무 가져서 너무 알아서
너무 먹어서 너무 편해서
너무 만나서 너무 다녀서

작고 적은 이
낮고 약한 이
늙고 병든 이
설고 다른 이
밉고 못난 이
무시하고 없이 한다

무시하고 없이 하면
무시하고 없이 한다

그분이
당신을

달빛

늘 먹는 밥이라
쌀 한 톨 아끼지 않고

늘 보는 얼굴이라
한 사람 귀하지 않고

늘 사는 인생이라
한나절 아깝지 않다

이슬 속에
달빛이 빛나고

순간 속에
영원이 깃든다

오늘 이곳에
하나님의 나라가 숨어 있다

자유에 매이다

자유가 왔지만
자유가 없다

가난 벗어나도
탐심에 매이고

무명 헤어나도
지식에 매이고

질병 이겨내도
건강에 매이고

세상 좋아져도
불만에 매이고

자유가 왔지만
자유에 매인다

더위

더위
더위로 끝나지 않고

청춘
청춘으로 끝나지 않고

생각
생각으로 끝나지 않고

고난
고난으로 끝나지 않고

죽음
죽음으로 끝나지 않는다

이 너머엔
무엇이 있을까

돌아가는 날

명절
쉼은 없고
갈등과 감정만 싣고
돌아간다

주일
안식은 없고
피곤과 부담만 안고
돌아간다

휴가
휴식은 없고
영수증과 무기력만 지고
돌아간다

순서

해는 東에서 西로
물은 上에서 下로
인생은 生老病死
제사는 紅東白西
하루는 아침 점심 저녁
자녀는 첫째 둘째 셋째
계절은 봄 여름 가을 겨울

사람은 生에서 死로
인격은 死에서 生으로

제3부

사람이
보는 것

한 사람

여럿이 구하지 않았다
한 사람이 구했다
충무공 한 사람
마하트마 한 사람
링컨 한 사람
예수 한 사람

한 사람이 있어야
한 사람을 만나야

당신은
한 사람이 있는가
한 사람을 만났는가

사람이 보는 것

一 아닌 二
汝 아닌 我
上 아닌 下
道 아닌 食
精 아닌 肉
無 아닌 有
死 아닌 生

하지만

하자 하자 하지만
하는 이 없고

저요 저요 하지만
나서는 이 없고

주여 주여 하지만
믿는 이 없고

간다 간다 하지만
가는 이 없고

가자 가자 하지만
따른 이 없다

안다 안다 하지만
아는 이 없다

풀다

수학 문제를 풀고
엉킨 매듭을 풀고
꼬인 관계를 풀고
조인 나사를 풀고
쌓인 피로를 풀고
무거운 짐을 풀고
선물 포장을 풀고
양복 단추를 풀고
사회 규제를 풀고
몰래 사람을 풀고
갇힌 맹수를 풀고

풀리는 게
이리 많은데

나는
왜 안 풀리나

모순 1

해가 떴지만
어두움이요

비가 오지만
목마름이요

밥을 먹지만
허기짐이요

함께 있지만
외로움이요

담이 높지만
불안함이요

넉넉하지만
부족함이라

모순 2

듣지만
듣지 못하고

보지만
보지 못하고

알지만
알지 못하고

믿지만
믿지 못하고

죽지만
죽지 못한다

시간은

오늘은
어제를 떠날 기회

내일은
오늘을 떠날 기회

시간은
떠날 기회

시간은
이별할 기회

지금
떠나라

그러다가
못 떠난다

반대

탈락이라는 반대
실업이라는 반대
불임이라는 반대
이혼이라는 반대
불안이라는 반대
질병이라는 반대
늙음이라는 반대
이별이라는 반대
고독이라는 반대
죽음이라는 반대

인생은 언제나
반대에 부딪히고

반대에 부딪히며
무언가 되어 간다

믿음이란

지켜야 할 것 지키는 것
바쳐야 할 것 바치는 것
넓혀야 할 것 넓히는 것
버려야 할 것 버리는 것
바꿔야 할 것 바꾸는 것
높여야 할 것 높이는 것
낮춰야 할 것 낮추는 것
지워야 할 것 지우는 것
만나야 할 것 만나는 것

먹어야 할 것 먹는 것
보아야 할 것 보는 것
들어야 할 것 듣는 것
잡아야 할 것 잡는 것
가져야 할 것 갖는 것
알아야 할 것 아는 것
떠나야 할 것 떠나는 것
가야 할 곳 가는 것

버려야

말을 버려야
말을 얻고

생각을 버려야
생각을 얻고

관계를 버려야
관계를 얻고

믿음을 버려야
믿음을 얻고

나를 버려야
나를 얻고

하나님을 버려야
하나님을 얻는다

버려야 얻는다

진짜는

진짜는
보이지 않는 곳에서
보이고

들리지 않는 곳에서
들리고

잡히지 않는 곳에서
잡힌다

진짜는
알 수 없을 때
알게 하고

갈 수 없을 때
가게 하고

살 수 없을 때
살게 한다

뿌리

세상은 변하고
계절은 바뀌고
세대는 가지만

뿌리 있는 사람
더위에 힘 있고
푸른 나무 되어
기쁨의 꽃 터진다

뿌리를 만났는가
뿌리를 가졌는가
뿌리를 내렸는가

뿌리 있는 인생
그것이 인생이다

청개구리

함께 살라는데
혼자 살고

착실히 살라는데
한탕에 살고

곧게 살라는데
굽게 살고

숨어 살라는데
드러내 살고

나누고 살라는데
뺏으며 살고

말씀으로 살라는데
떡으로 산다

내가
청개구리

갈대

갈대는 바닷가에만 피지 않는다
불꽃은 등잔에만 피지 않는다

내 안에 갈대가 피고
내 안에 불꽃이 핀다

바닷가 피는 갈대
내 안에 피었으니
어디 제대로 피겠나
찢기고 꺾인 상한 갈대다

등잔에 피어야 할 불꽃이
내 안에 피었으니
어디 제대로 피겠나
기름 없어 꺼질 등불이다

사람은 생각하는 갈대가 아니라
상한 갈대
꺼질 등불이다

내 안의 봄

산과 들에
봄이 가득

꽃 터지고
새싹 돋고
봄바람 미끄럽고

하얀 목련
노란 산수유
분홍 매화
색동옷 차려입고

세상은 봄인데
내 안의 봄이 없다
모두가 꽃인데
내 안에 꽃이 없다

언제쯤 나도
꽃이 피고
봄이 올까

어떻게

세월이 너무 빠르다
세상도 너무 빠르다
너무 빨라 잡을 수 없고
잡을 수 없어 불안하다

어떻게 살까
너무 빨라 불안한 시대를
어떻게 할까

뿌리를 잡으면
겨울을 이기고

법을 잡으면
세상을 이기고

믿음을 잡으면
죽음을 이긴다

가을이 오기 전에

어제를 잊어버리기 전에
구원을 보게 하소서

친구들 다 떠나기 전에
구원을 보게 하소서

자식들 멀리하기 전에
구원을 보게 하소서

후생이 두려워지기 전에
구원을 보게 하소서

인생의 가을이 오기 전에
구원을 보게 하소서

제4부

스승이
없으면

스승 1

어떻게
눈을 뜰까

어떻게
길을 갈까

어떻게
나를 알까

어떻게
믿음을 가질까

어떻게
그를 만날까

스승이 없으면

스승 2

혼자서
과학을 하려면 얼마나 걸릴까

혼자서
철학을 하려면 얼마나 걸릴까

혼자서
예술을 하려면 얼마나 걸릴까

혼자서
천국에 가려면 얼마나 걸리까

스승이 없으면

스승 3

생명은 누가 주나

자연이 주고

부모가 주고

법이 주고

하나님이 주고

스승이 준다

없으면

덕성
아무리 높아도
그것 없으면

지성
아무리 넓어도
그것 없으면

영성
아무리 깊어도
그것 없으면

그것 없으면
가짜

기독교

황폐한 나라
메마른 백성
암울한 미래

그곳에
비가 내리고
강이 흐르고
봄이 왔다

하지만
생수는 터지지 않았고
물고기는 뛰지 않았고
꽃은 피지 않았다

가나안에서 이스라엘은
블레셋이 되고 말았다

대한민국에서
기독교는
개독교가 되고 말았다

짐

身 편안하고
食 풍족하고
言 넘치지만

心 과민하고
法 무시하고
行 빈곤하다

食生은 해결되나
苦悶은 깊어진다

짐을
어디에다
풀까

여주동행(與主同行)

인생은 고단하고
인생은 불안하고
인생은 험악하다

아프고 외롭고
두렵고 서럽다

내 힘으로 살았다면
포기했을 것

내 성격대로 살았다면
주저앉았을 것

내 맘대로 살았다면
여기 없을 것

험악한 인생
외로운 인생
불안한 인생

홀로 가지 않아

여기 내가 있다

위(上)

저수지를 판다고
관정을 뚫는다고
가뭄이 끝날까

위를 잃어버린 시대
위를 모르는 시대
위를 버린 시대

믿음, 위에 기대는 것
소망, 위를 바라는 것
사랑, 위를 나누는 것

위를 알아야
위를 찾아야
위를 만나야

비로소
가뭄은 끝난다

여전히

태양은 떴으나
어둠은 여전하고

봄은 왔으나
침묵은 여전하고

비는 왔으나
갈증은 여전하고

자유는 왔으나
매임은 여전하고

풍요는 왔으나
빈곤은 여전하고

예수는 왔으나
죄는 여전하다

피서(避暑)

뜨거운 여름날
산으로 바다로
피서를 간다

인생의 여름엔
어디로 가지

인생의 폭염을
어디서 피하지

지혜의 바다에
치정(癡情)을 잠그고

은혜의 물가에
불안을 적시고

십자가 그늘에
탐욕을 식힌다

그 사랑 아니면

나를 사랑하느냐
당신이 아십니다
내 양을 먹이라

뿌리가 있느냐
당신이 아십니다
내 꽃을 피워라

태양이 떴느냐
당신이 아십니다
내 열매를 맺으라

선생을 만났느냐
당신이 아십니다
내 사람을 가르치라

그 사랑 아니면
할 수 없는 것들

어떤 이

한 길 가면서
생명과 죽음의 길
가고

한 입 가지고
진실과 거짓을
말하고

한 일 하면서
선과 악을
행하고

한 인생 살면서
천국과 지옥을
산다

늘

늘 걱정하는 것
무엇을 먹을까 무엇을 입을까 무엇을 마실까

늘 기도하는 것
무엇을 먹을까 무엇을 입을까 무엇을 마실까

늘 자랑하는 것
무엇을 먹을까 무엇을 입을까 무엇을 마실까

늘 싸우는 것
무엇을 먹을까 무엇을 입을까 무엇을 마실까

늘 살리는 것
무엇을 믿을까 무엇을 바랄까 무엇을 사랑할까

나(我)

天 이겨 먹고
地 이겨 먹고
人 이겨 먹고
神 이겨 먹고

生 이겨 먹고
老 이겨 먹고
病 이겨 먹고
死 이겨 먹지만

我 이겨 먹을까

죽으면

물은 살려준다
죽으면 살려준다
언제나 살려준다

인생은 살려준다
죽으면 살려준다
언제나 살려준다

하나님은 살려준다
죽으면 살려준다
언제나 살려준다

죽으면 죽지 않는다
죽어야 죽지 않는다

죽으면 살려준다
언제나 살려준다

오병이어

나는
보리 떡 5개, 물고기 2마리 같은
작은 자

아는 것, 가진 것, 기댈 사람 없는
초라하고, 무능하고, 보잘 것 없는
아이 같은 인생

탐욕과 미움과 치정(癡情)으로 살던
그런 나를 불렀다

그런 내가 이제
5천 명도 먹인다

오병이어
2천 년 전의 기적이 아니라
나의 기적이다

그리고
당신의 기적이다

언제나 죽을까

예수는
떡 아닌 말씀으로

바울은
법 아닌 믿음으로

나는
믿음 아닌 불안으로
소망 아닌 절망으로
사랑 아닌 미움으로

내 안에 길이 없어
소망이 없고
내 안에 진리가 없어
생명이 없고
내 안에 자유가 없어
구원이 없다

나는 언제나 한번 죽을까

고향

추석 명절
고향 찾아 부모 찾아

먼 거리
오며 가며

꽉 막힌 고속도로
문득 드는 생각이

이 길만 오갈 건가
이 길에서 끝날 건가
다른 고향 있지 않나

났다 죽을 인생인가
왔다 가는 인생인가

왔던 곳으로 가야지
있던 곳에 살아야지

제5부

눈물과
친하다

거저 1

인생은 거저다
부모와 자식이 거저요
친구와 선생이 거저요
오늘과 내일이 거저다

자연도 거저다
봄 여름 가을 겨울이 거저요
산과 강이 거저요
꽃과 나비가 거저요
하늘과 구름이 거저다
인생도 자연도 내 것이 없다

세상 모든 것이 거저인데
사람은 거저를 모른다
사람만이 거저가 없다

사람만 달라하고
사람만 내 것이라 하고
사람만 쌓아두고
사람만 거저가 없다

거저 2

거저다
오고 감이 거저요
먹고 잠이 거저요
눈부신 꽃단풍이 거저다

내 것 하나 없이
모든 것 은혜요 모든 것 거저다

거저 주신 인생
거저 주신 이 가을에
내 것 버리고
내 안에 있는
미움 욕심 불안 이기고
나를 죽이고

거저 죽으신 분
언제나 거저이신 분
그분을 따라
나도 거저이고 싶다

종교개혁

역사는 흐르고 또 흘러도
탐심(貪心)은 멈추지 않고

바람은 불고 또 불어도
진애(塵埃)는 그치지 않고

꽃잎은 피고 또 피어도
치정(癡情)은 지지 않는다

인생은
언제나 개혁될까

살아서

보내시기에 오고
먹이시기에 살고
부르시기에 간다

살아서
이것
깨닫기를

꿈꾸는 자

이스라엘은
본디
꿈이 없는 땅
꿈꾸지 못하는 땅

그러나
꿈꾸는 자가
그 땅을
꿈꾸게 했다

땅이 사람을
꿈꾸게 하지 않는다
사람이 땅을
꿈꾸게 한다

땅이 사람을
살리지 않는다
사람이 땅을
살게 한다

꿈꾸는 자는

육체가 꿈꾸어 정신이 되게
절망이 꿈꾸어 희망이 되게
죽음이 꿈꾸어 생명이 되게 한다

가시

어릴 적 생선을 먹다가
목에 가시가 걸리곤 했다
가시가 걸리면
참으로 곤란한 것은
뱉을 수도 없고
삼킬 수도 없다
작은 가시가 뭐라고
밤새 잠을 이루지 못한다

인생도 가시에 걸리곤 한다
가시가 인생에 걸리면
참으로 곤란한 것은
뱉을 수도 없고
삼킬 수도 없다
그 가시가 뭐라고
인생은
밤새 잠을 이루지 못한다

숨어계신 분

오늘까지 여기까지
살아 있음은

은밀히 보시고
은밀히 들으시고
은밀히 도우시는

오른손도 모르게
왼손마저 모르게
그렇게 숨어계시는
그분 때문에

볼 수 없는 것
보시고
들을 수 없는 것
들으시는

그분 때문에
숨어계시는
그분 때문에

대한민국

먹을 것
입을 것
마실 것
부족한 것 없다

절망
분노
불안
부족한 것 없다

정말
무엇하나
부족한 것 없다

문고리

새해가 문고리를 잡고 있는
마지막 날
지나온 시간을 되돌아보면
아쉬움도 많고
미안함과 괴로움도 많다

우리는 그러한 기쁨과 슬픔 속에서 저마다
인생의 그림을 그린다
그리고 그 인생의 그림은 같은 것이 하나도 없다
모두 다른 모습으로 그림을 그린다

모두 다른데 그 속에 같은 게 하나 있다
모든 그림이
은혜의 캔버스 위에 그려져 있다는 것
은총의 도화지 위에 그려진 인생이라는 것

한 해의 끝에 선 지금
내일도 다시 은혜가 떠오른다

자유로 산다

사람은 무엇으로 사는가
자유로 산다

가난과 질병과 무지로부터의 자유
폭력과 전쟁으로부터의 자유
아집과 편견과 차별로부터의 자유
불안과 절망과 공포로부터의 자유
죄와 악과 고난으로부터의 자유
옛사람으로부터의 자유
그리고
죽음으로부터의 자유

사람은 무엇으로 사는가
사람은 오직 자유로 산다

"진리를 알지니 진리가 너희를 자유롭게 하리라"

주지 말라

인간의 것
짐승에게 주지 말라

내 마음
미움과 분노와 두려움과 절망에게 주지 말라

내 인생
먹고 입고 마시는 것에게 빼앗기지 말라

내 인격
욕망과 이기심과 교만에 바치지 말라

내 삶
죽음에게 넘기지 말라

인간의 것
인간에게 주지 말라

어디에

아이가 묻는다
아빠, 하나님은 어디 있어

아빠는 모르고
하나님이 대답한다

나는
농부의 거친 손 위에 있고
선수들의 땀방울 속에 있고
엄마의 걱정 속에 있고
아빠의 불안 속에 있고
청년의 절망 속에 있고
세월호 침몰한 바다 그 속에 있고
2평짜리 고시원에 있고
홀로된 노인의 쪽방에 있다

나는 하늘이 아니라 땅에 있다
나는 성공이 아니라 실패와 가깝고
나는 웃음보다 눈물과 친하다
나는 밖이 아니라 안에 있고
　　　위가 아니라 바닥에 있고

저기가 아니라 여기에 있다

나는
너희와 '함께' 있다

사람은

건강해서 도리어 병을 앓고
가질수록 도리어 부족하고
만날수록 도리어 쓸쓸하고
먹을수록 도리어 허기지고
빠를수록 도리어 답답하고
배울수록 도리어 어리석다

속도는 빨라져도 시간은 부족하고
지식은 늘어도 진리는 희미하고
먹을 것은 많은데 먹고 싶은 것은 없다

사람은
먹어도 먹어도 배고프고
만나고 만나도 외롭고
가지고 가져도 모자란다

사람은
사람의 것으로는
사람이 될 수 없다

꼭두각시

꼭두각시 대통령 때문에
화가 나지만

가만 보면
내가 꼭두각시요
온통 꼭두각시다

욕망의 꼭두각시
이념의 꼭두각시
시간의 꼭두각시

사람은 없고
꼭두각시만 있다

언제 사람을 만나
나도 사람이 되려나

흐르는 것

몸속 흐르는 것 욕망이요

맘속 흐르는 것 불안이요

세상 속 흐르는 것 거짓이요

역사 속 흐르는 것 모순이다

말씀

밭에 돌을 아무리 심어도
싹은 트지 않는다

사람이 떡을 아무리 먹어도
철은 들지 않는다

밭에는 씨앗이 떨어져야
속에는 말씀이 떨어져야
싹이 터 열매를 맺고
정신이 깨 철이 든다

인생은 말씀으로 깨고
인격은 말씀으로 된다

사람이 사는 것이 아니요
말씀이 산다

시간을 거두다

봄 심어 여름
여름 심어 가을
가을 심어 겨울
겨울 심어 봄 거둔다

어제 심어 오늘
지금 심어 다음
유한 심어 무한
이생 심어 영생

시간을 심어 시간을 거두고
시간을 심어야 시간을 거둔다

새해에는

시간은 언제나 새로운 시간이지만
사람은 늘 옛사람이요
인생은 오늘도 옛 인생이다

새 사람은 없고
새 인생도 없다

새해에는 새해가 없다
새해에 새로운 인생이 없다

새해에는
옛사람을 못 박고
새 인생 되기를

나는 언제나 내게서 저만치 떨어져 있다

Copyright ⓒ 2018 by Jang JooSoo
All rights reserved. First edition Printed 2018. Printed in Koera

2018년 11월 20일 초판 1쇄 발행

지은이 · 장주수
펴낸이 · 정상석
북디자인 · 이지선

펴낸 곳 터닝포인트
등록번호 제2005-000285호
주소 (03991) 서울시 마포구 동교로27길 53 지남빌딩 308호
대표 전화 (02)332-7646
팩스 (02)3142-7646
홈페이지 www.turningpoint.co.kr
ISBN 979-11-6134-034-0 03810
정가 10,000원
내용 문의 diamat@naver.com
원고 집필 문의 diamat@naver.com(터닝포인트는 삶에 긍정적 변화를 가져오는
좋은 원고를 환영합니다).

* 이 도서의 국립중앙도서관 출판예정도서목록(CIP)은 서지정보유통지원시스템 홈페이지
  (http://seoji.nl.go.kr)와 국가자료공동목록시스템(http://www.nl.go.kr/kolisnet)에서
  이용하실 수 있습니다. (CIP제어번호: CIP2018035441)